Les poux du sorcier

Henriette Bichonnier est née en 1943. Depuis 1971, elle écrit des livres pour les enfants. Son fils Victor l'a beaucoup inspirée. Ses ouvrages sont publiés par les éditions Bayard, Gallimard, Hatier, Hachette et Grasset. Elle tient aussi une rubrique sur les loisirs des enfants dans le journal *Télérama*.

Du même auteur dans Bayard Poche :

Grabotte la sotte - Lutin et Lutinette (Mes premiers J'aime lire)
Panique au jardin public (J'aime lire)

Anne Wilsdorf est illustratrice pour la jeunesse. Elle vit actuellement en Suisse, mais travaille très régulièrement avec des éditeurs français. Ses ouvrages sont publiés aux éditions Bayard Jeunesse et Kaléidoscope.

De la même illustratrice dans Bayard Poche :

Ouste, les loups (Les belles histoires)
Grabotte la sotte - La princesse au sommeil léger (Mes premiers J'aime lire)
Marie-toi, marie-toi ! - Les vacances de Crapounette - Crapounette à l'école (J'aime lire)

Troisième édition

Les poux du sorcier

Une histoire écrite par Henriette Bichonnier
illustrée par Anne Wilsdorf

mes premiers
j'aime lire
BAYARD POCHE

Chapitre 1
Gratouille, gratouille !

Dans ce pays, il y avait un méchant sorcier. Il connaissait des formules magiques pour jouer des vilains tours et il se changeait en tigre, en mouche, en oiseau.

Il entrait dans les maisons. Il volait ce qui lui plaisait. Il emportait les poules, les lapins, les vaches et il les mangeait.

Parfois, il enlevait des gens et il les mangeait. Mais parfois, il ne les mangeait pas, parce qu'il n'avait plus faim.

Ce jour-là, justement, il n'avait plus faim. Il emporta une petite fille qui s'appelait Sidonie. Puis il la mit dans son panier. Ensuite, il l'oublia et il alla faire la sieste.

Quand le sorcier commença à ronfler, Sidonie sortit du panier. Mais, au lieu de s'enfuir, elle se mit à chercher le grand livre des formules magiques du sorcier. Le livre était posé sur une table.

Sur une feuille de papier, Sidonie recopia toutes les formules qui pouvaient être utiles aux gens du village. Puis elle roula la feuille et la glissa sous son collier. Et elle sauta vers la fenêtre pour s'échapper.

Mais cette fenêtre était très haute et Sidonie n'était pas assez grande. Elle sauta et retomba. Elle sauta encore et retomba encore. Alors elle pensa : «Il faut que je trouve une formule magique pour sauter plus haut.»

Elle ouvrit de nouveau le grand livre. Et voici ce qu'elle trouva :

Si tu dis « Gratouille, gratouille »,
Tu te transformeras en ce que tu veux.
Mais si tu te grattes et regrattes,
Tu oublieras la formule
Et tu deviendras pouilleux*.

* Être pouilleux, c'est être couvert de poux.

Sidonie décida d'essayer. Elle dit :
– *Gratouille, gratouille CHAT.*
Aussitôt, elle se transforma en chat. Bien sûr, elle ne devait pas se gratter, sinon elle oublierait la formule. Mais Sidonie n'avait pas peur : elle avait une bonne mémoire.

Chapitre 2

Deux chats et des poux

Sidonie s'était donc transformée en chat. Elle pouvait maintenant bondir jusqu'à la très haute fenêtre.

Mais le sorcier avait un chat noir plein de poux. Au moment où Sidonie-chat sortait, le chat du sorcier la rattrapa et il dit :

– Tu as volé les formules magiques de mon maître. Je vais te punir !

Sidonie-chat montra ses griffes et ses dents. Cependant, le chat noir ricana* et il se mit à se gratter, se gratter. Les poux sautèrent sur Sidonie-chat. Aussitôt, elle se mit à se gratter, se gratter elle aussi.

Et la formule magique commença à s'effacer de sa mémoire.

Quand Sidonie-chat arriva dans son village, elle avait oublié la formule, elle ne savait plus dire « Gratouille, gratouille ». Elle ne pouvait donc plus reprendre sa forme de petite fille.

* Ricaner, c'est rire en se moquant.

La neige commençait à tomber. Sidonie-chat se mit à miauler mais personne ne fit attention à elle. Personne, sauf son ami Jérémie qui revenait des champs avec sa maman. Il dit :

– Oh, pauvre chaton ! Viens te réchauffer à la maison !

Sa maman refusa :

— Jérémie, pose cet animal, il est sale.

Jérémie insista :

— C'est un chat perdu. Si on le laisse là, il va mourir de froid !

Jérémie ouvrit son manteau et mit Sidonie-chat contre lui. Alors, tout à coup, il commença à se gratter en disant :

— Ouille, ouille, ça me gratouille !

Sa maman s'écria :

– C'est ce chat, il est plein de poux !

Jérémie s'agitait comme un diable en répétant :

– Ouille, ouille, gratouille, gratouille !

Dans les bras de Jérémie, Sidonie-chat dressa l'oreille et elle se dit : « Gratouille, gratouille ? Ça me rappelle quelque chose... Mais c'est la formule magique ! »

Aussitôt, elle s'écria :

– *Gratouille, gratouille SIDONIE !*

Et elle retrouva sa forme de petite fille.

Chapitre 3

À chacun sa formule !

Jérémie reconnut tout de suite son amie et il lui demanda :

– Sidonie, où étais-tu ? Je ne t'ai pas vue de la journée, je t'ai cherchée partout !

Sidonie prit la feuille de formules qu'elle avait accrochée à son collier. Elle dit :

– J'étais chez le sorcier. Je lui ai volé toutes ses formules magiques.

Sidonie déroula la feuille et elle dit en regardant Jérémie :

– *Poux pas poux, pa pas poux.*

Aussitôt, les poux disparurent et Jérémie arrêta de se gratter.

Jérémie était très content, et très fier de son amie Sidonie. Il l'accompagna dans tout le village pour distribuer une formule magique dans chaque maison.

Ainsi, lorsque le sorcier voulut à nouveau jouer des vilains tours, voler des bêtes ou enlever des gens, il reçut des flammes en pleine figure, des bâtons sur les doigts ou des marteaux sur la tête. Il fut réduit en petits morceaux, en grains de sable, en poudre de perlimpinpin et il disparut avec le vent.

Alors, Sidonie rangea soigneusement la
formule qu'elle avait gardée pour elle :
Si tu dis « Gratouille, gratouille »,
Tu te transformeras en ce que tu veux.
Mais si tu te grattes et regrattes,
Tu oublieras la formule
Et tu deviendras pouilleux.

Elle enferma le papier dans un coffre secret au fond de son jardin. Si, un jour, un autre sorcier arrivait au village, elle saurait se défendre !

mes premiers
j'aime lire

La collection des premiers pas dans la lecture autonome

 Se faire peur et frissonner de plaisir   Rire et sourire avec

des personnages insolites Réfléchir et comprendre la vie de

tous les jours Se lancer dans des aventures pleines de

rebondissements Rêver et voyager dans des univers fabuleux

Un magazine pour découvrir le plaisir de lire seul, comme un grand !

DATE DUE		
MAY 1 8 2010		
MAY 0 4 2011		
NOV 0 2 2011		
OCT 1 6 2012		
NOV 1 6 2013		
11/12 MAY 0 9 2013		
MAY 2 9 2013		
19 DEC MAR 1 1 2014		
APR 0 1 2014		

Achevé d'imprimer en août 2005 par Oberthur Graphique
35000 RENNES – N° Impression :6691
Imprimé en France